U0100946

在这本书里

〔法〕芬妮·玛索／著　〔法〕若埃尔·若利韦／绘　　柳 漾／译

GUANGXI NORMAL UNIVERSITY PRESS
广西师范大学出版社
·桂林·

我在丽春花里，蜜蜂说。

我在头发上，发卡说。

我在巢里，鸟儿说。

我在天空里，云朵说。

我在树上，猴子说。

我在网上，蜘蛛说。

我在杏里，核说。

我在床上，泰迪熊说。

我在巴士上，司机说。

我在灯塔里，看守人说。

我在渔网里，小虾说。

我在浴缸里，小孩说。

我在嘴里，舌头说。

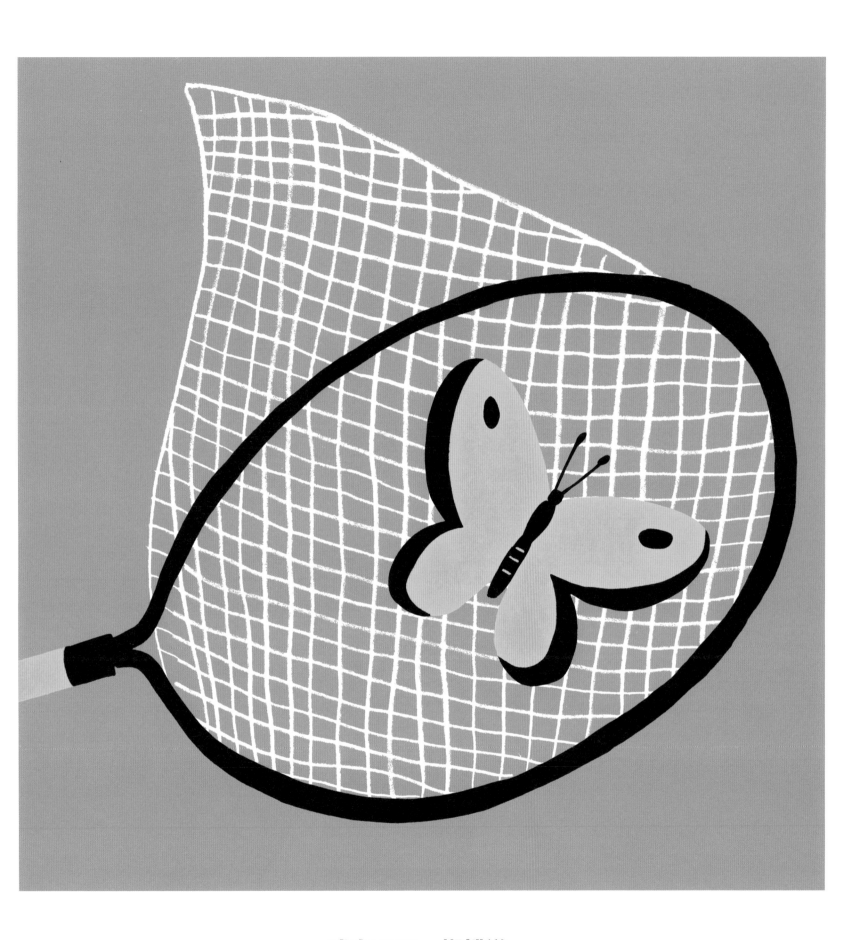

我在网里，蝴蝶说。

我在隧道里，火车说。

我在树林里，蘑菇说。

我在壁炉里，火说。

我在沙漠里，蝎子说。

我在窝里，狗说。

我在黑暗里，小孩说。

我在墙上，钉子说。

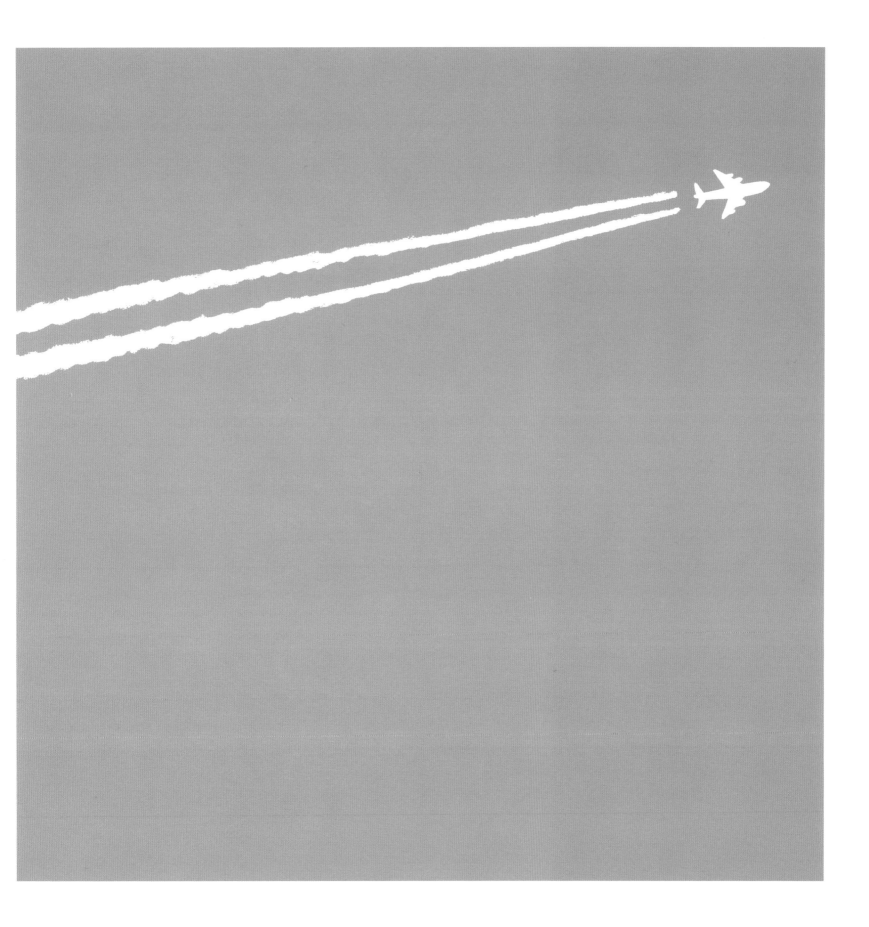

我在空中，飞机说。

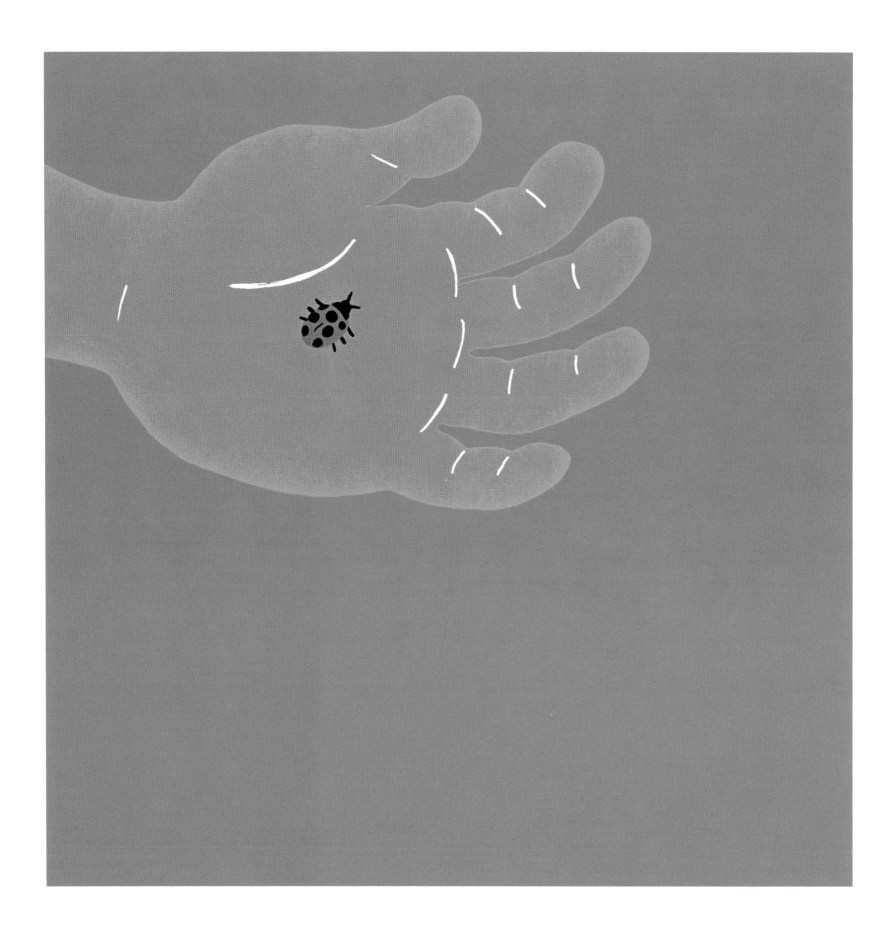

我在手上，瓢虫说。

我在鱼缸里，金鱼说。

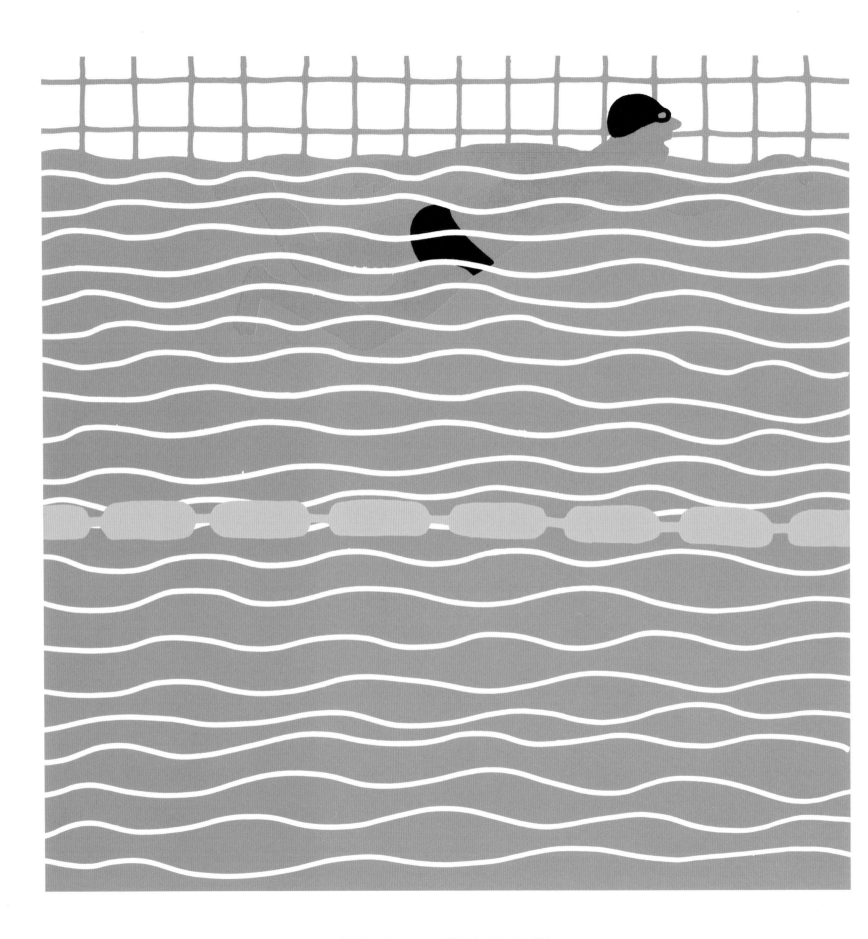

我在水里，游泳的人说。

我在森林里，狼说。

我在火车上，旅客说。

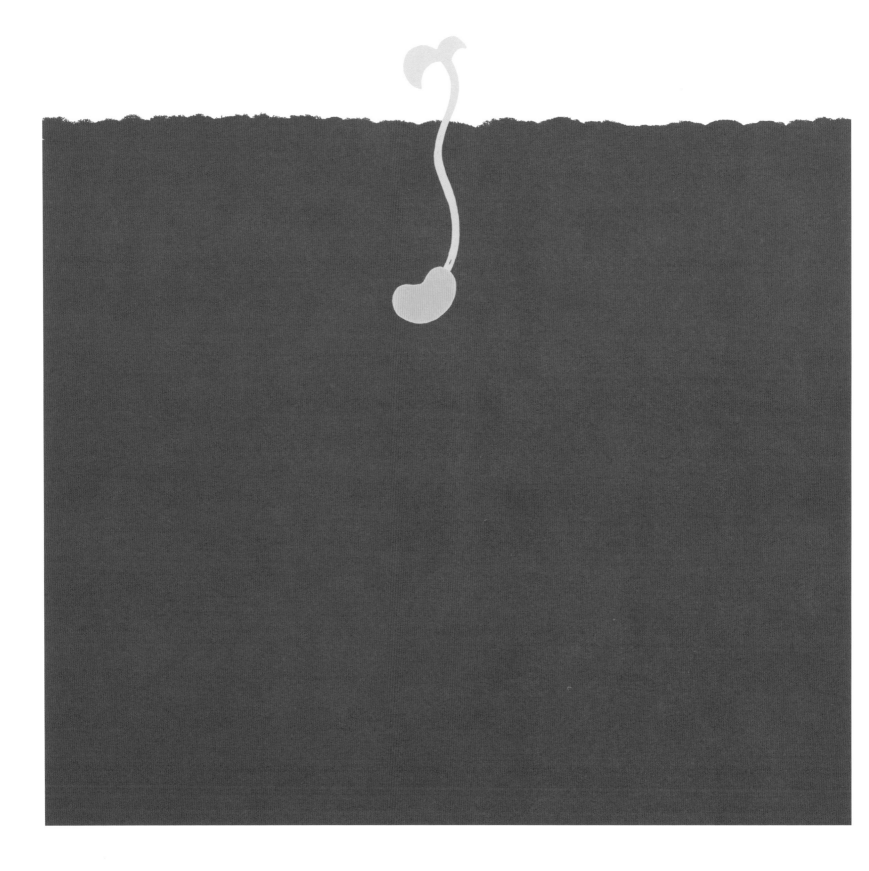

我在土里，种子说。

我在推车里，婴儿说。

我在手套里，手说。

我在洗衣机里，毛绒玩偶说。

我在笼子里，狮子说。

我在太空里，行星说。

我在城堡里，幽灵说。

我在屋檐上，猫说。

我在丛林里，老虎说。

我在花瓶里，花说。

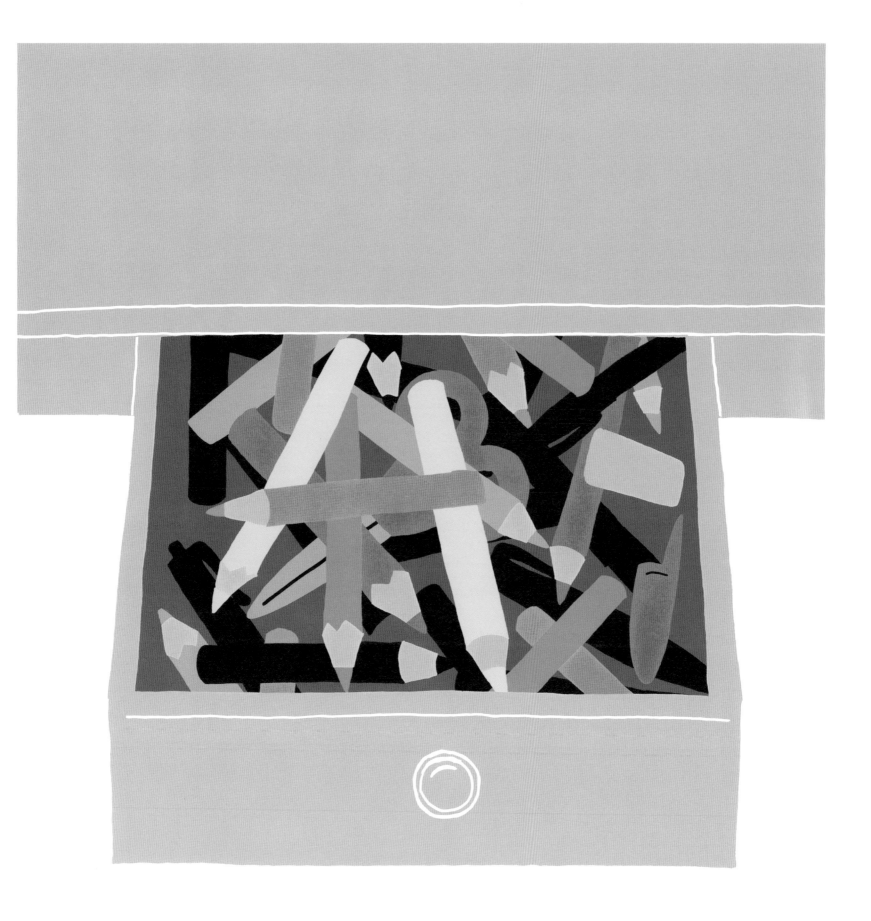

我在抽屉里，蜡笔说。

我在花园里，园丁说。

我在鞋子里，石子说。

我在山洞里，大熊说。

我在脖子上，吻说。

我在壳里，蜗牛说。

我在田野里，拖拉机说。

我在篮子里，生菜说。

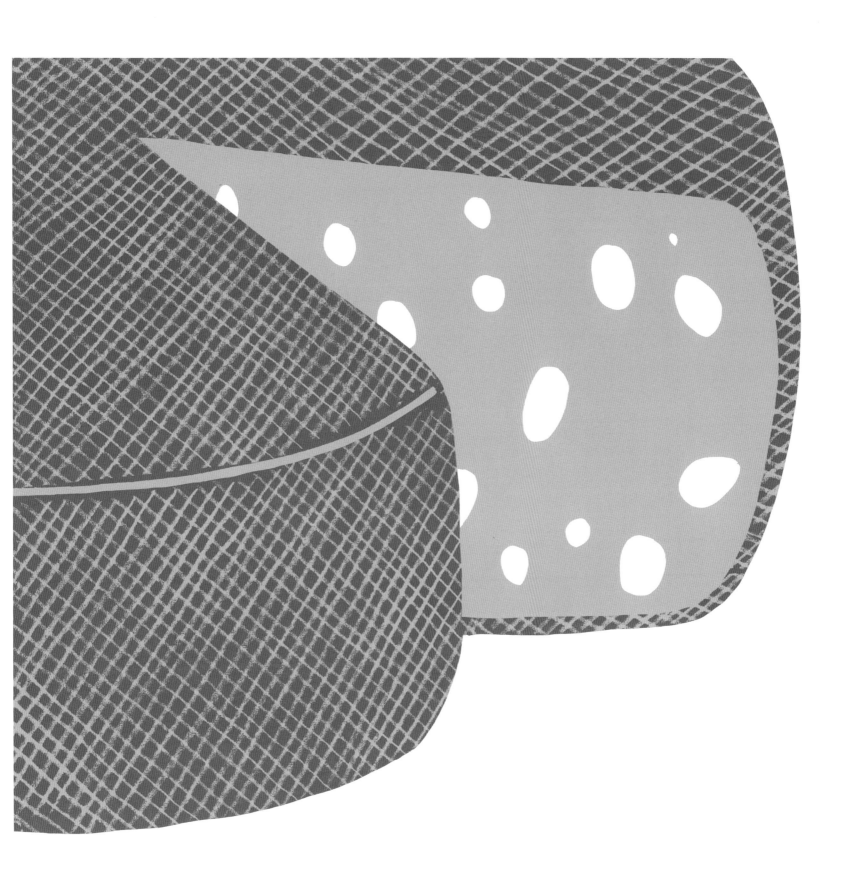

我在奶酪里，洞洞说。

我在草地上，足球说。

我在后备箱里，行李说。

我在洞里，兔子说。

我在椅子里，女孩说。

我在盒子里，礼物说。

我在船上，水手说。

我在海里，鲸鱼说。

我在画里，公主说。

我在下水道里，老鼠说。

我在鲨鱼肚子里，小鱼说。

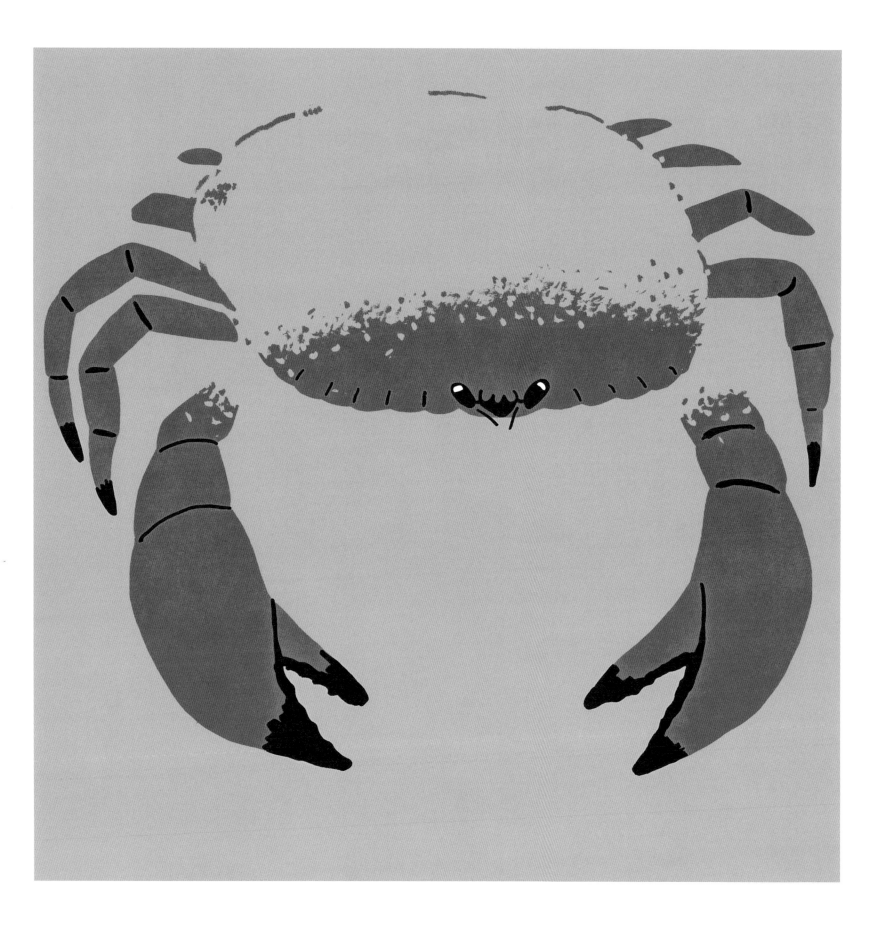

我在沙里，螃蟹说。

我在烤箱里，鸡肉说。

我在厨房里，厨师说。

我在锁孔里，钥匙说。

我在工具箱里，锤子说。

我在壳里，乌龟说。

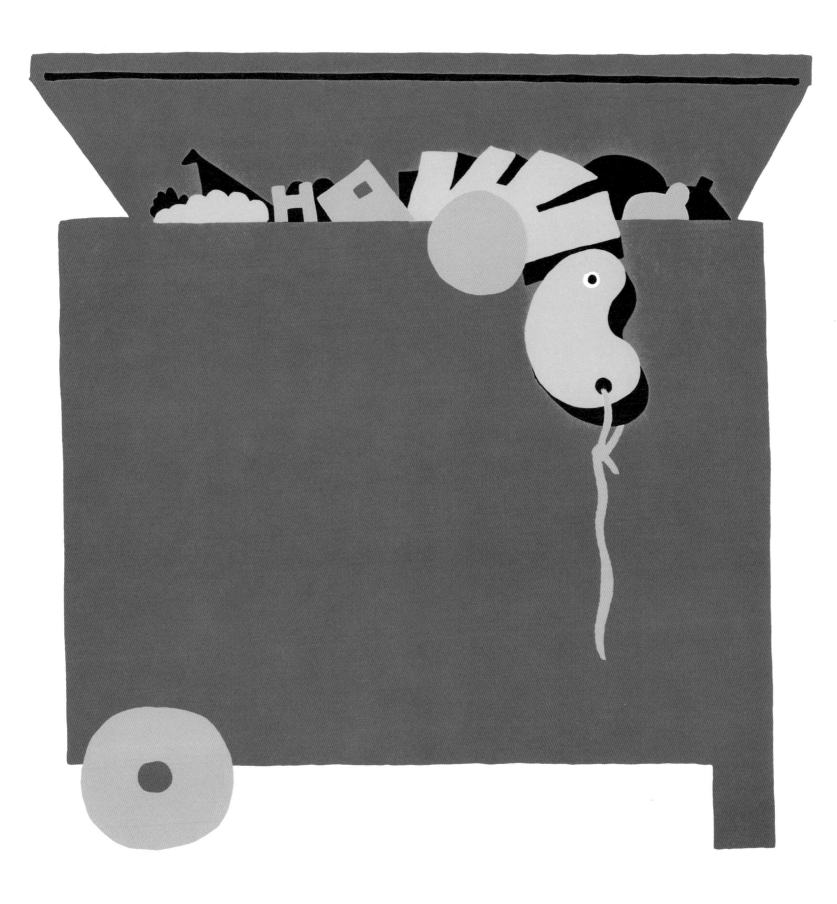

我在箱子里，玩具说。

我在泥里，猪说。

我在吊床里，睡觉的人说。

我在摇篮里，宝宝说。

我在羊群里，绵羊说。

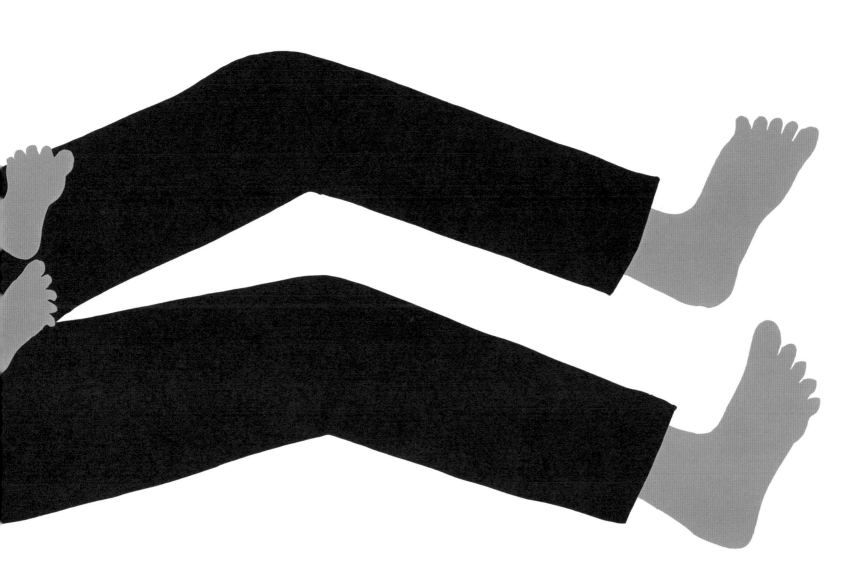

我呢，就在你的怀里！

在这本书里

Zai Zhe Ben Shu Li

出 品 人：柳　漾
项目主管：石诗瑶
策划编辑：柳　漾
责任编辑：陈诗艺
助理编辑：马　玲
责任美编：邓　莉
责任技编：李春林

Dans le Livre

First published in France under the title Dans le livre

Text by Fani Marceau and illustrated by Joëlle Jolivet

Copyright © 2012 by Actes Sud/ hélium

Simplified Chinese edition copyright © 2019 by Guangxi Normal University Press Group Co., Ltd.

This edition arranged with Actes Sud/ hélium through Big Apple Agency Inc., Labuan, Malaysia.

All rights reserved.

著作权合同登记号桂图登字：20-2017-249 号

图书在版编目（CIP）数据

在这本书里／（法）芬妮·玛索著；（法）若埃尔·若利韦绘；柳漾译. 一桂林：广西师范大学出版社，2019.3
（魔法象. 图画书王国）
书名原文：Dans le Livre
ISBN 978-7-5598-1525-5

Ⅰ．①在… Ⅱ．①芬…②若…③柳… Ⅲ．①儿童故事－图画故事－法国－现代 Ⅳ．① I565.85

中国版本图书馆 CIP 数据核字（2018）第 288057 号

广西师范大学出版社出版发行

（广西桂林市五里店路 9 号　邮政编码：541004）
（网址：http://www.bbtpress.com）
出版人：张艺兵
全国新华书店经销
北京尚唐印刷包装有限公司印刷
（北京市顺义区牛栏山镇腾仁路 11 号　邮政编码：101399）
开本：889 mm×1 194 mm　1/12
印张：$6\frac{8}{12}$　插页：8　字数：83 千字
2019 年 3 月第 1 版　2019 年 3 月第 1 次印刷
定价：59.80 元

如发现印装质量问题，影响阅读，请与出版社发行部门联系调换。